不喜歡寫字

圖文◎紅膠囊

推薦序——行政院文化建設委員會視覺藝術科科長／周雅菁

雅玟打電話給我，說紅膠囊要出新的圖文書，想請我寫序，憑著一股義氣與感動，當下答應。回家後寢食難安，對於這個鬼才同窗，該寫什麼呢？

一九九二年，斗六。我是雲林科技大學視覺傳達設計系的學生，設計人總有一些堅持和特質，但是其中最獨特的，非「A法」莫屬了！那小子，白淨清秀，卻總是一副吊兒郎當、屌屌的模樣，「翹課」是他最常發作的大頭症，不知為什麼，他跑來唸第一設計學府，卻執意不停地與油畫共舞、搞曖昧。在那個保守純樸的鄉下和年代，他的顛覆讓許多人又愛又恨！恃才傲物的他，在老師眼中是標準的問題學生，在同學心中卻是難得的人才！我知道他終有一天會展翅飛翔。

學校畢業後，年輕氣盛的「A法」報國從軍去。有一回當兵休假到台中找我敘舊，說他幫報社畫專欄插畫，筆名為「紅膠囊」，然後就高談闊論起他的插畫專業。頃間感到莫名亢奮——插畫家同學，真是了不起！紅膠囊就這樣誕生了，他以圖文工作者開啓人生的新頁。

我們這一班有個奇特現象，幾乎大多數人都擔任教職工作，唯獨紅膠囊選擇了藝術，而我選擇了公職。我們是兩個極端，對設計而言。我在這端遠遠看著他，著實羨慕！他優遊自在地穿梭在插畫、圖文創作、視覺傳達設計、裝置藝術與電子多媒體等領域之間！《紅膠囊的悲傷1號》、《紅膠囊的悲傷2號》、《未來11》……，初試啼聲，果然一鳴驚人，頗有插畫小天王之姿。我訝異於他的風格獨樹一格，已完全擺脫從前那個稚嫩狂野的「A法」了，唯一不變的——還是一派地玩世不恭。

紅膠囊參與「薔薇之戀」偶像劇之後，我以為他要放棄插畫改往演藝圈發展。卻驚聞他開始潛心修佛，滿口佛理之餘，並吃全齋以求繪製佛像的神韻，堅定的毅力，令人折服。回想當年那個桀傲不馴的毛頭小子，真是無法置信、匪夷所思啊！學佛對他的人生觀、創作觀產生了奇妙化學變化，我看到了他的蛻變與成長。

一直以來，我以為很瞭解紅膠囊，但是我想我是不懂的！

前陣子紅膠囊說他不再畫插畫了，要以藝術家為志業！所以他要不停地畫、不停地探索創新的可能性。對創新近乎偏執的紅膠囊，他的藝術創作——有點詼諧、有點狷狂、有點哲理！

拜讀紅膠囊《不喜歡寫字》的圖文集，不覺莞爾，紅膠囊果然是紅膠囊，原來我所熟悉的那個傲慢傢伙，依然存在，我想他已找到了翅膀，找到對人生的期待與尊重，蓄勢待發！

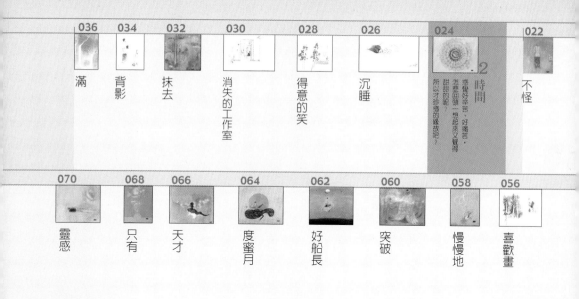

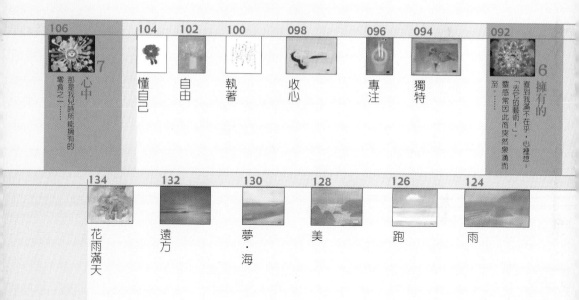

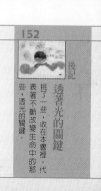

開場

飛

我喜歡我認為美的東西，當我的心更美的時候，那些曾經不夠美的花兒，

偶爾在我腦中的流光竄過，也偶爾地更美了起來。

我喜歡我喜歡的花兒，當我不一定要沾上她們的時候，那些曾經一同玩耍的花兒，我們沒有結果，但是那已足夠。

需要一雙翅膀，我一直知道我需要它。

終於我找到了翅膀，無關飛不飛翔，翅膀有了我，不再隨便賁張，我結合了翅膀可以到處飛，卻從此不必再流浪。

飛　30F　2007

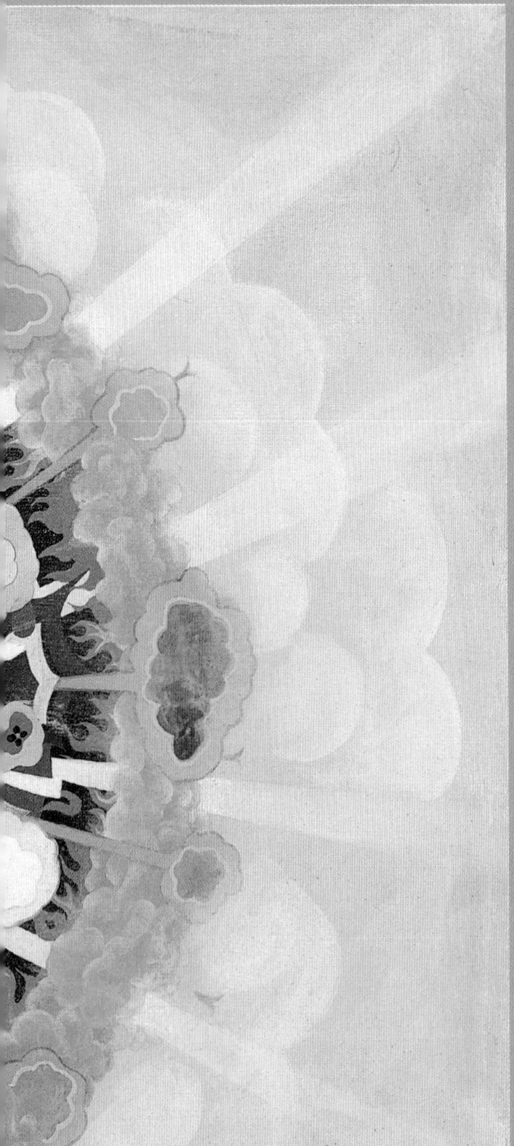

1 想像

很久以來我喜歡畫圖不喜歡寫字，因為我寫字容易手痠，畫圖則不會。
除非是陳老師上課我抄隨堂筆記，經久而不覺疲累之外，其他時一動筆寫字，手就痠了。
所以我喜歡畫畫時說說話，很難得寫字。
這幅畫拿到畫廊時，有人驚呼：「哇好浪漫唷，很夢……很夢境！」
哎唷~整天做白日夢的人，處理這種感覺當然容易得很囉！

想像　30F　2007

一切。

成長是一件很美的故事，
像是這株樹的每一個細節，
充滿著點點滴滴的，
我們的，
喜
怒
哀
樂。

一切　3F　2007

還有夢想。

每個人都該好好哭一場了，
不管到底想哭不想哭。
每個人都該好好放鬆一下了，
不管有沒有意識到自己的緊張。
每個人都該試著去好好愛一個人了，
不管先前受過多少傷。
世界不好，我們都知道，
挫折，誰都逃不掉，
然而我還有些夢想，而我是真的想要。

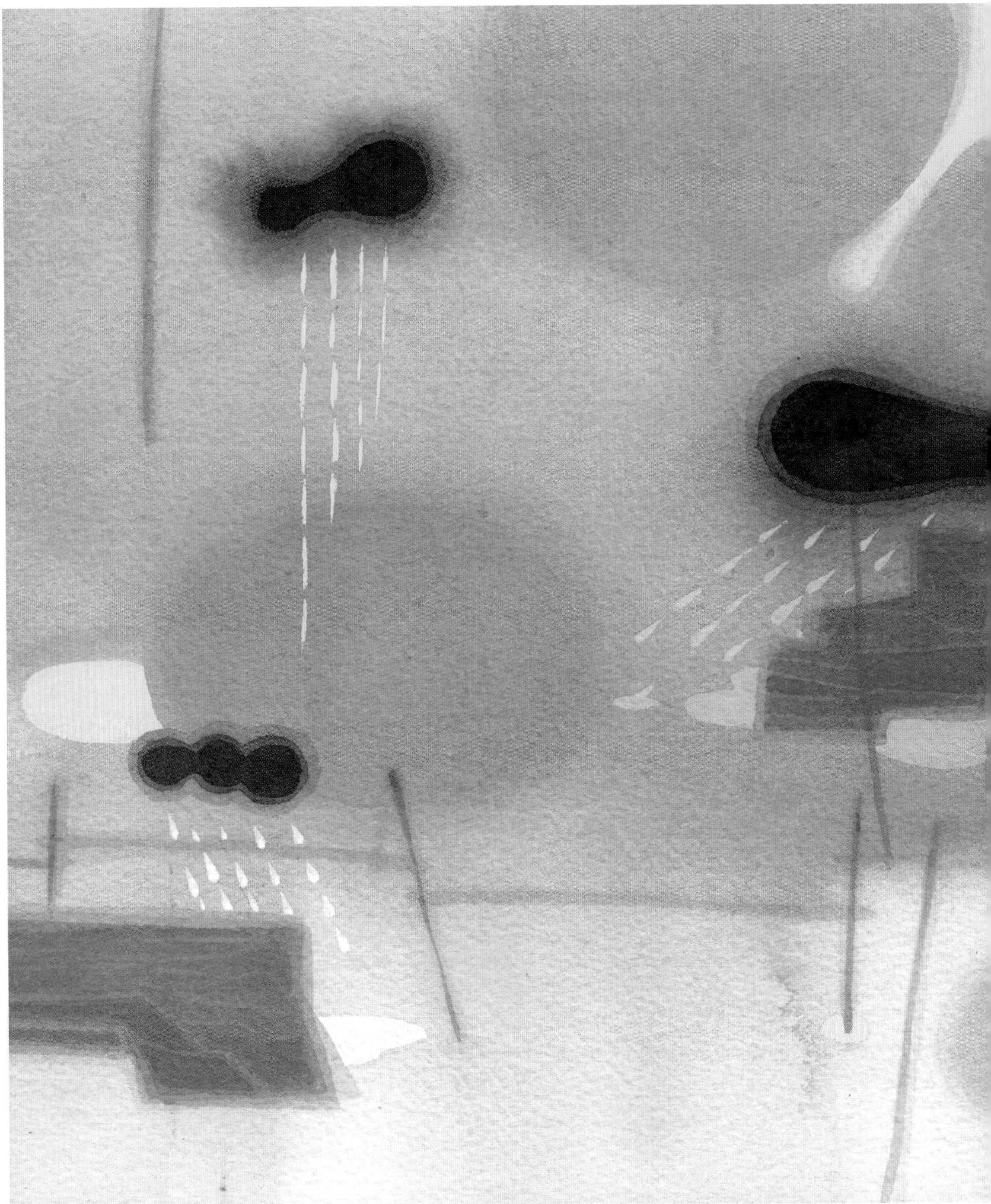

還有夢想　18.8 × 22.1cm　2000

放心吧。

如果沒有什麼是你放不下的，
那某種程度上，
也就代表著，
沒有什麼是你得不到的。

放心吧　6F　2006

謝謝風雨

。

人生路途上，
常常會覺得，
路到半途風雨横，
但風雨自己會過去。

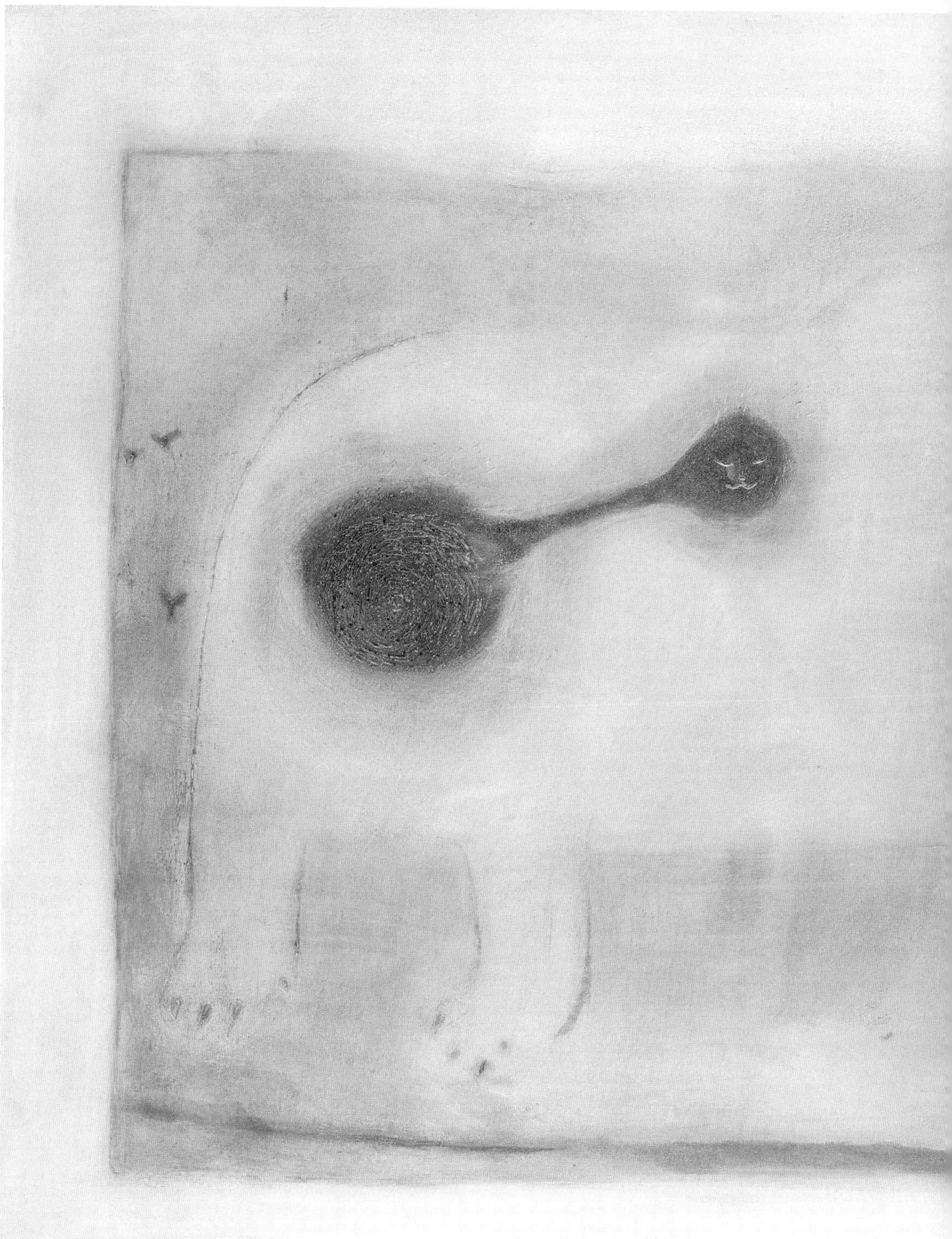

謝謝風雨　100F　2006

。sorry

你又忘記了，
不再囉唆，
我又再忘記了，
不再發脾氣。

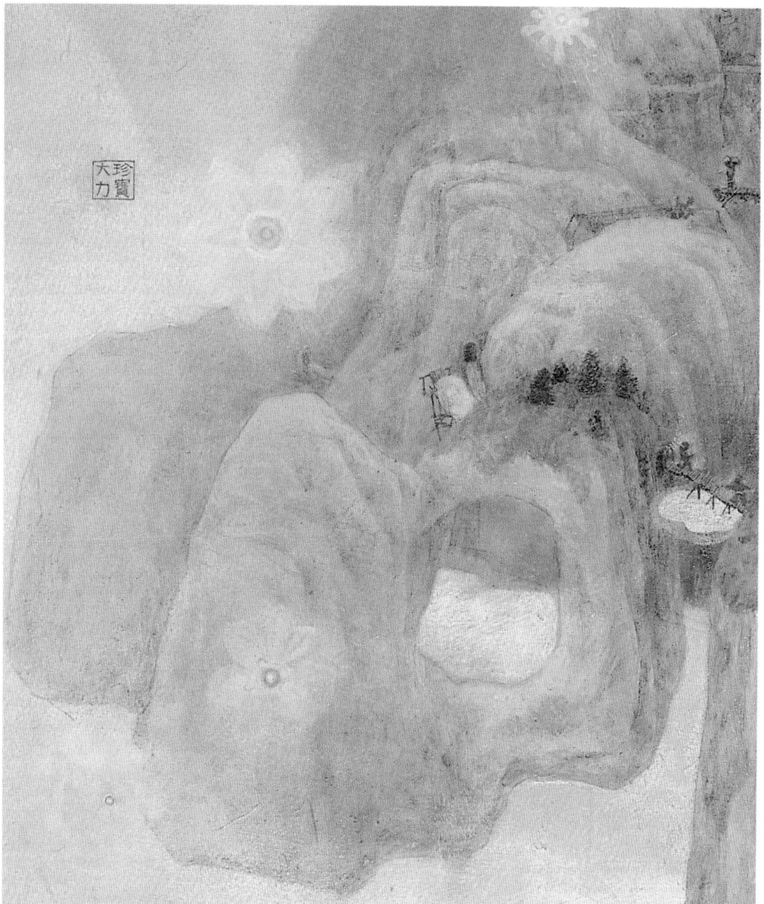

花雨滿天/局部　2007

懂了。

很多事情，總是要親身體會
才能懂得箇中滋味，人生要多經驗經驗
什麼都好。

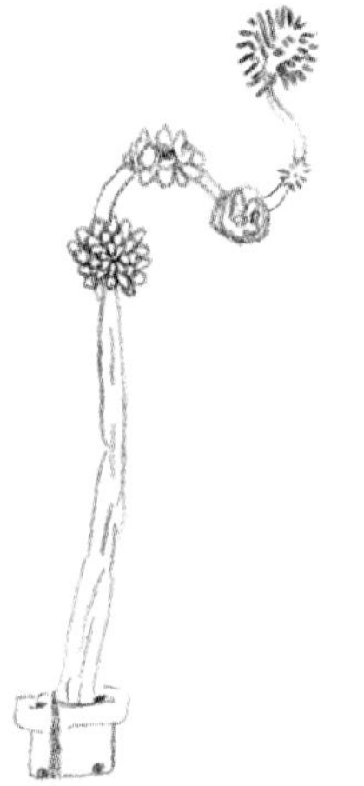

懂了　21 × 28cm　2001

不怪。

很多看見這畫的人
都覺得，好怪呦～
媽媽看到說：「ㄟˊ，還不錯喔！很有感覺。」
「……我管其他人怎麼看！」

不怪　8F　2006

2 時間

完全不可否認的是拍戲的確是我人生中，最美好的經驗之一，但是它並不常被提起。

經驗是一種很奇特的主觀感受。

很多很美好很棒的事情並不見得能在我們心中留下鳳毛麟角，那或許是事情發生的不夠深刻。

而拍戲的經驗很深刻，和瞿友寧導演那些人一路拍戲下來，一陣子，我還真以為自己會演戲了呢！

回憶是個很奇怪的東西，明明當初拍戲時每天度日如年，感覺好辛苦、好痛苦，怎麼回頭一想起來又覺得甜甜的呢？

嗯——應該是因為一輩子再也不會有這種事，所以才珍惜的緣故吧？所謂的美好也應該是美好這個部份吧？

時間　30F　2007

沉睡。

一直以來，
辛苦了，
我的寶貝，
希望你能好好睡一覺，
不被任何事情，
打擾。

沉睡　21 ╳ 28cm　2005

得意的笑。

有時候會這樣，
比如現在看到這張，
忽然覺得，
自己的速寫，
超有氣質的！

得意的笑　21 × 28cm　2001

消失的工作室

一堆速寫中翻出來這張，
早已不存在的工作室，
還好在當時，
拍戲的空檔，
有將它畫下來。

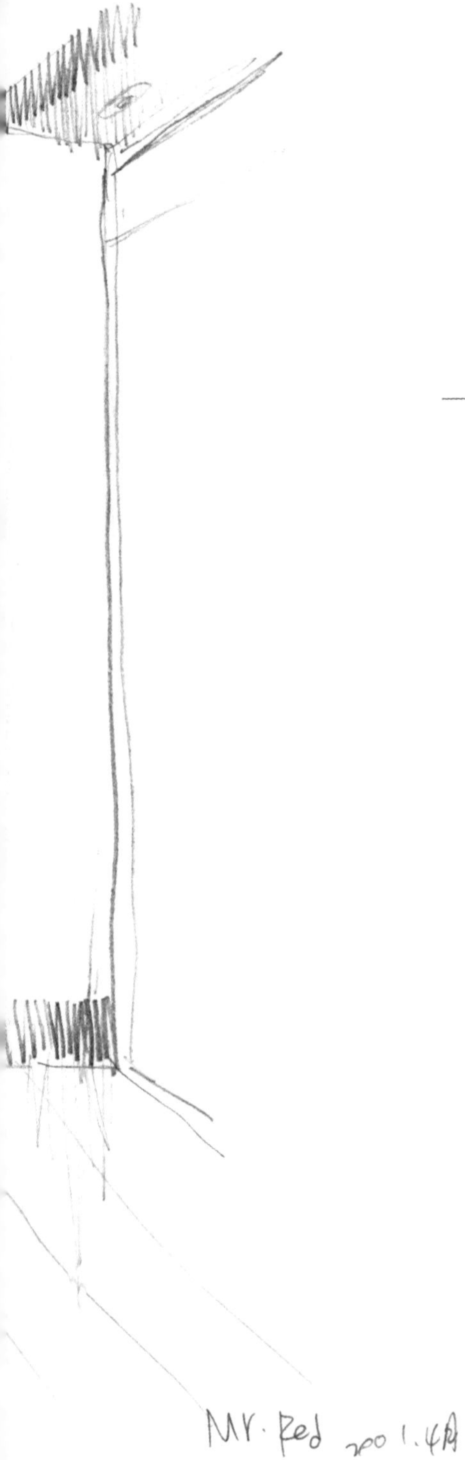

消失的工作室　21 × 28cm　2001

抹去。

時間真像隻蟑螂，
慢慢的帶走記憶，
看了這張畫過，卻忘了的畫，
忽然覺得……

花雨滿天/局部　2007

背影

香港展覽時，
駐港一個月，
第一天晚上，
葛蕾絲的背影
和她留下的掃具寫生，
用膠彩。

背影　10.5 × 15.4cm　2004

滿。

怎麼說呢，
我就是滿
喜歡這圖。

满　26 × 18cm　2002

3 重新來過

有很長一段時間我不想寫東西，也不想畫畫。

因為如果按照以前那樣子寫，那樣子畫，一點也不夠表現，我找到許多自己問題的萬分之一。

重新來過　30F　2007

見山是山

見山是山
見水是水
因為都是我畫的
山水
哈哈！

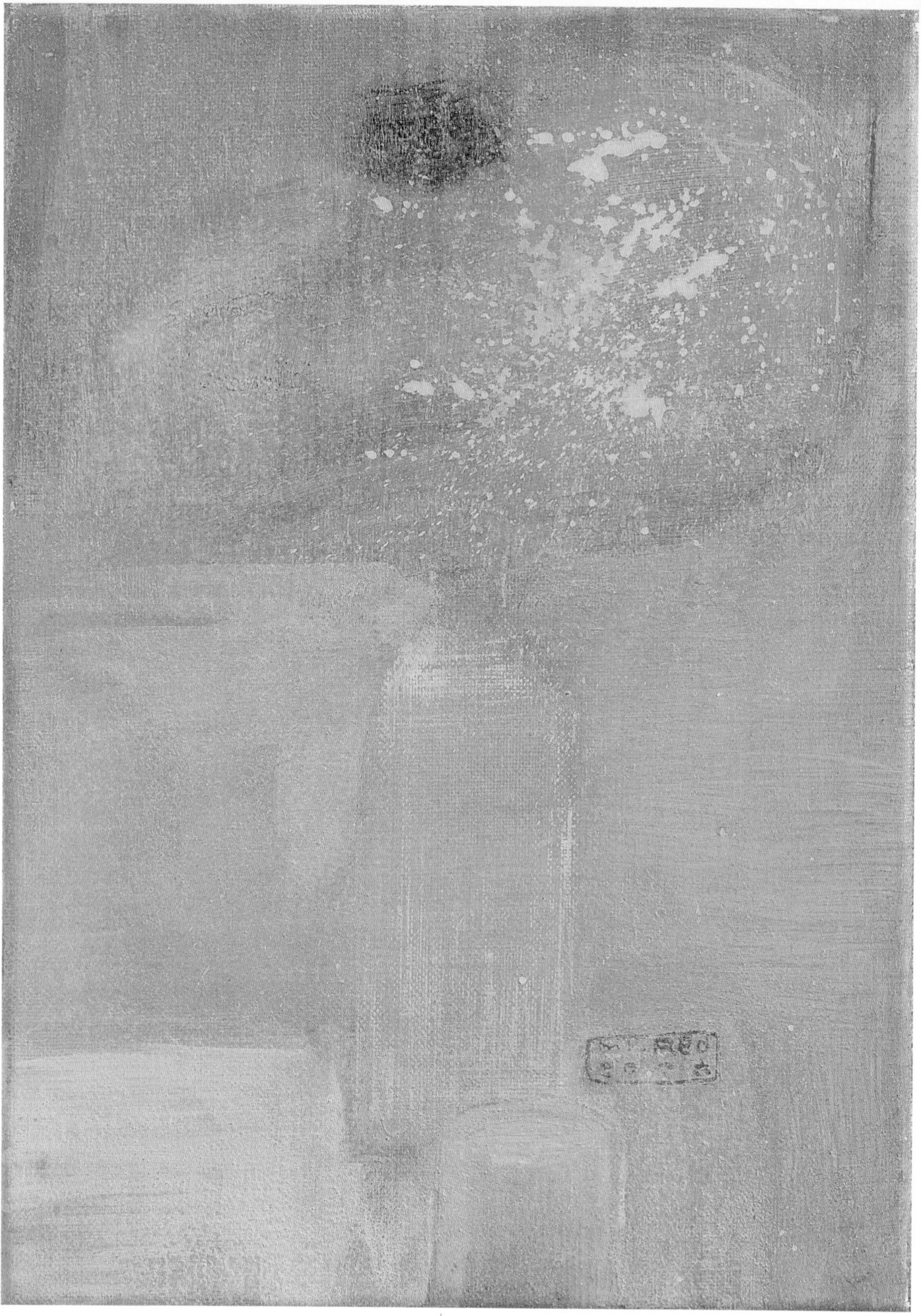

見山是山　3F　2007

走出去。

像倒房裡的垃圾一樣，
處理問題就好比——
今天的垃圾今天倒，
一旦懶得整理就會
愈堆愈多。
最後連自己都走不出去，
被悶死在裡面。

花雨滿天/局部　2007

如意。

要消化知識，
不要被知識消化。

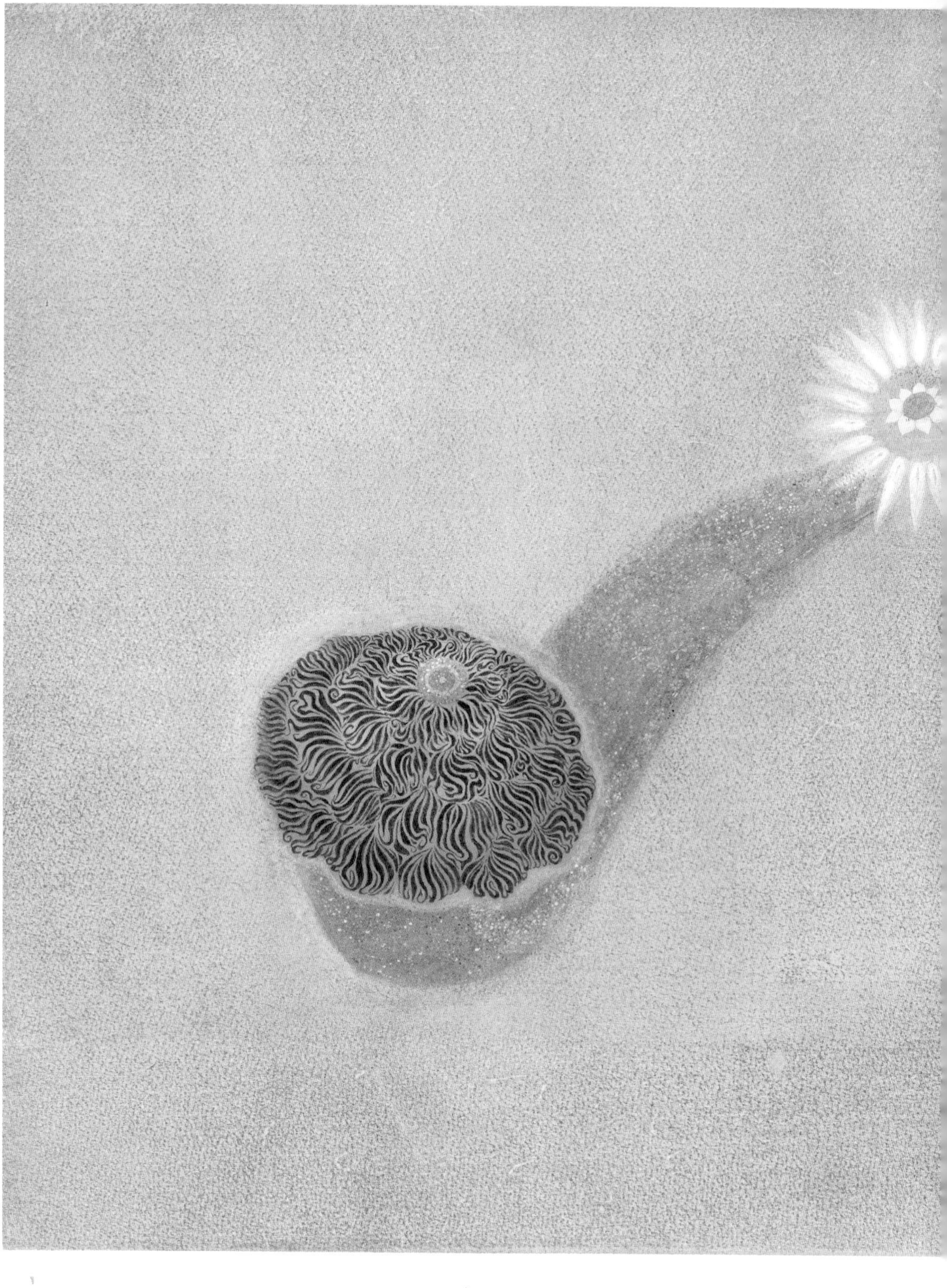

如意　52 × 57cm　2007

了解。

心裡頭患得患失，
看事物不容易清楚，
要到平靜下來之後，
才了解一切是為什麼。

了解　8F　2006

能力

如果一種能力使你感到痛苦
那只是自己還沒把那個能力用到底。

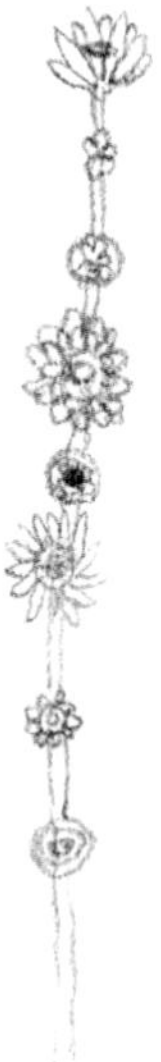

能力　12F　2007

替換

。

別拿經驗來
壓自己，
經驗
永遠可以用更新的
經驗
去
替換掉！

替換　3F　2007

開心。

開心很重要，
開心可以讓我們一下子，
想通許多一直以來，
想不通的很多事。

開心　4F　2007

4 路上

前塵往事如昨，一堆前塵往事就像花開、花凋，腐壞成硬石，再又生出芽尖兒來，竟也如此洶湧滔滔不絕，
而心懶死的是我竟然再不輕易提起筆來，囉唆一番，
只偶爾在藝術到一半的時候，心情好得不得了，
一時興起時會叨叨絮絮許多甜甜的往事，給我心愛的人分享。

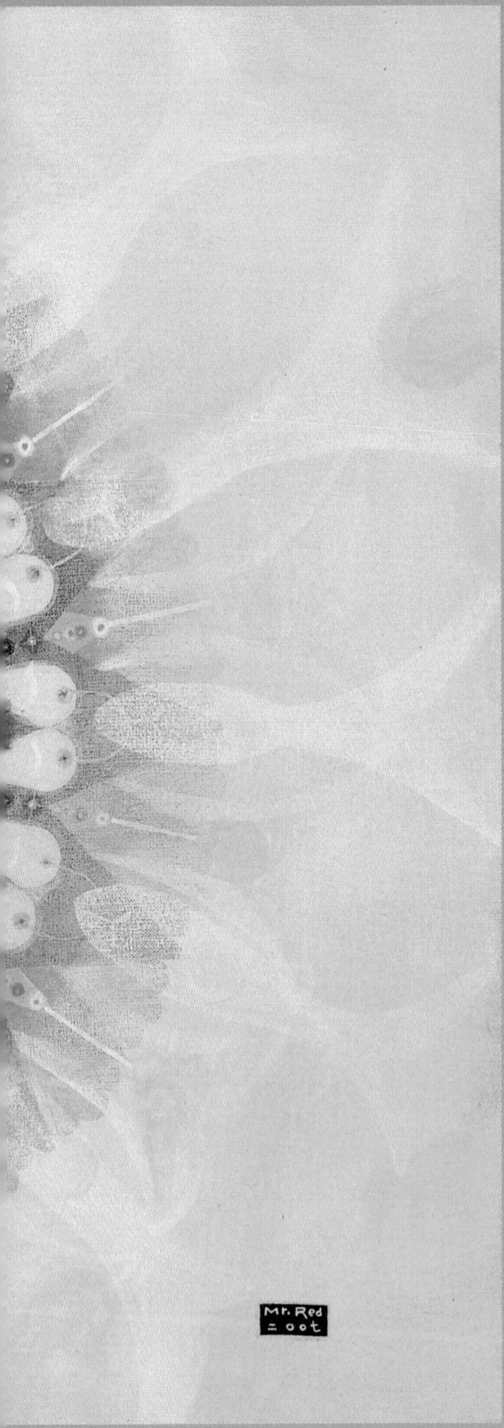

路上　30F　2007

喜歡畫。

我喜歡畫素描，
我喜歡畫水墨，
我喜歡用素描，
來畫水墨。

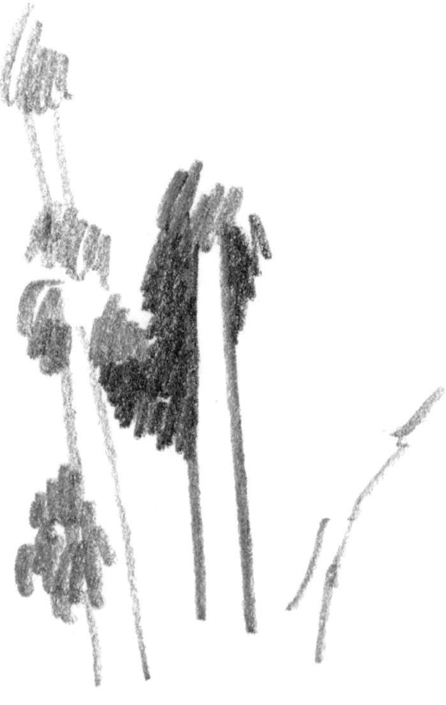

喜歡畫　21 × 28cm　2001

慢慢地。

醞釀，
是很重要的一門功夫，
在藝術創作上，
尤其是。

慢慢地　3F　2007

突破

老師說：「畫圖，你要畫到突破、再突破
不斷突破到不能突破，再突破！」
「好，謝謝老師。」我說
我死命的畫
我畫到哭了
我倒在畫布前
沒有半點爬起來的力氣
我畫到殘了，復元了，再畫；
又殘了，又復元了，又畫；
又殘了，我再無力提筆，我哭了：「怎麼辦？我真的盡力了。」
妻傷心的哭了說：「可以簽名了。」
我完成了。

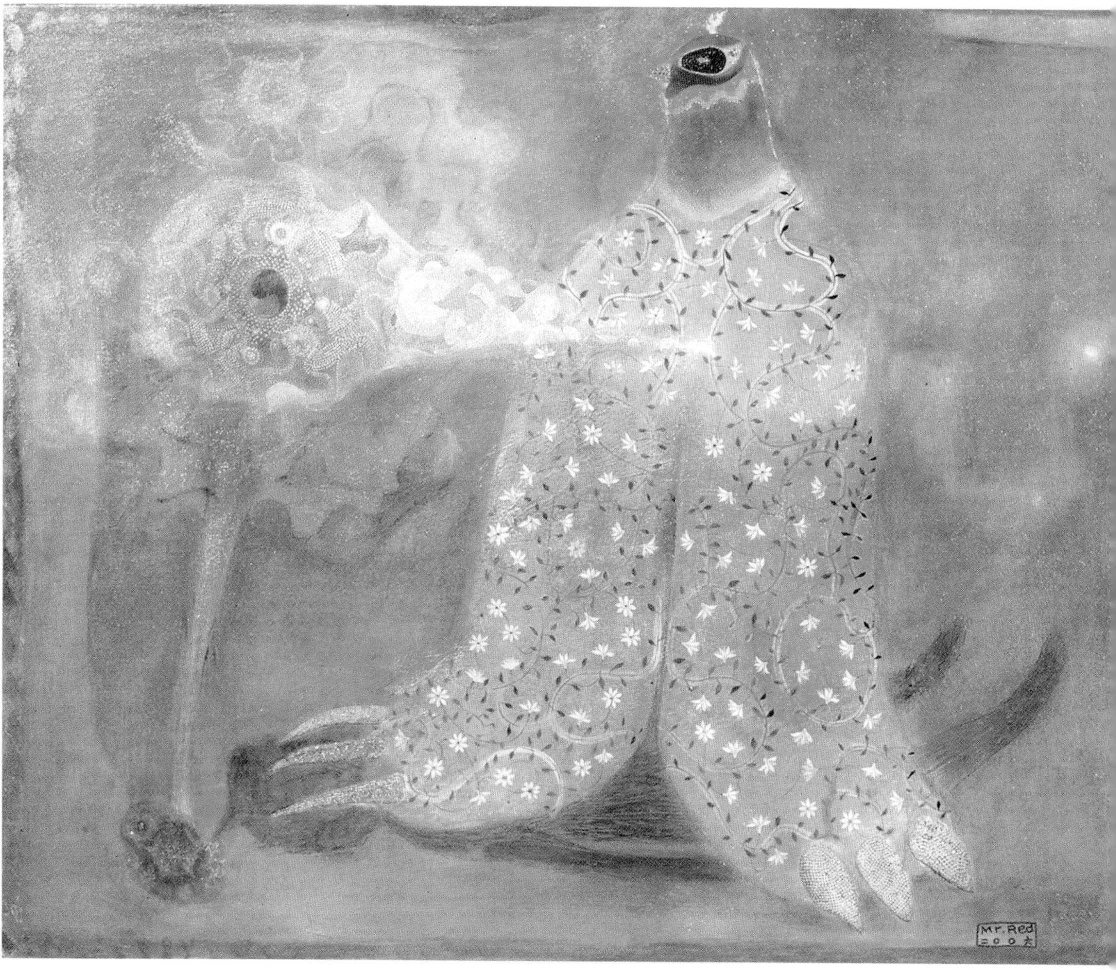

突破　100F　2006

好船長

一部來自未來的計程車，
一個不知為何航行到不知名星系的司機，
一次又一次莫名其妙的旅程，
這幅畫叫「好船長」。
原本準備要畫一套的故事。

好船長　0F　2006

度蜜月。

有了遊玩的計畫，可以驅使我們更努力的工作。而這張圖畫於度蜜月。

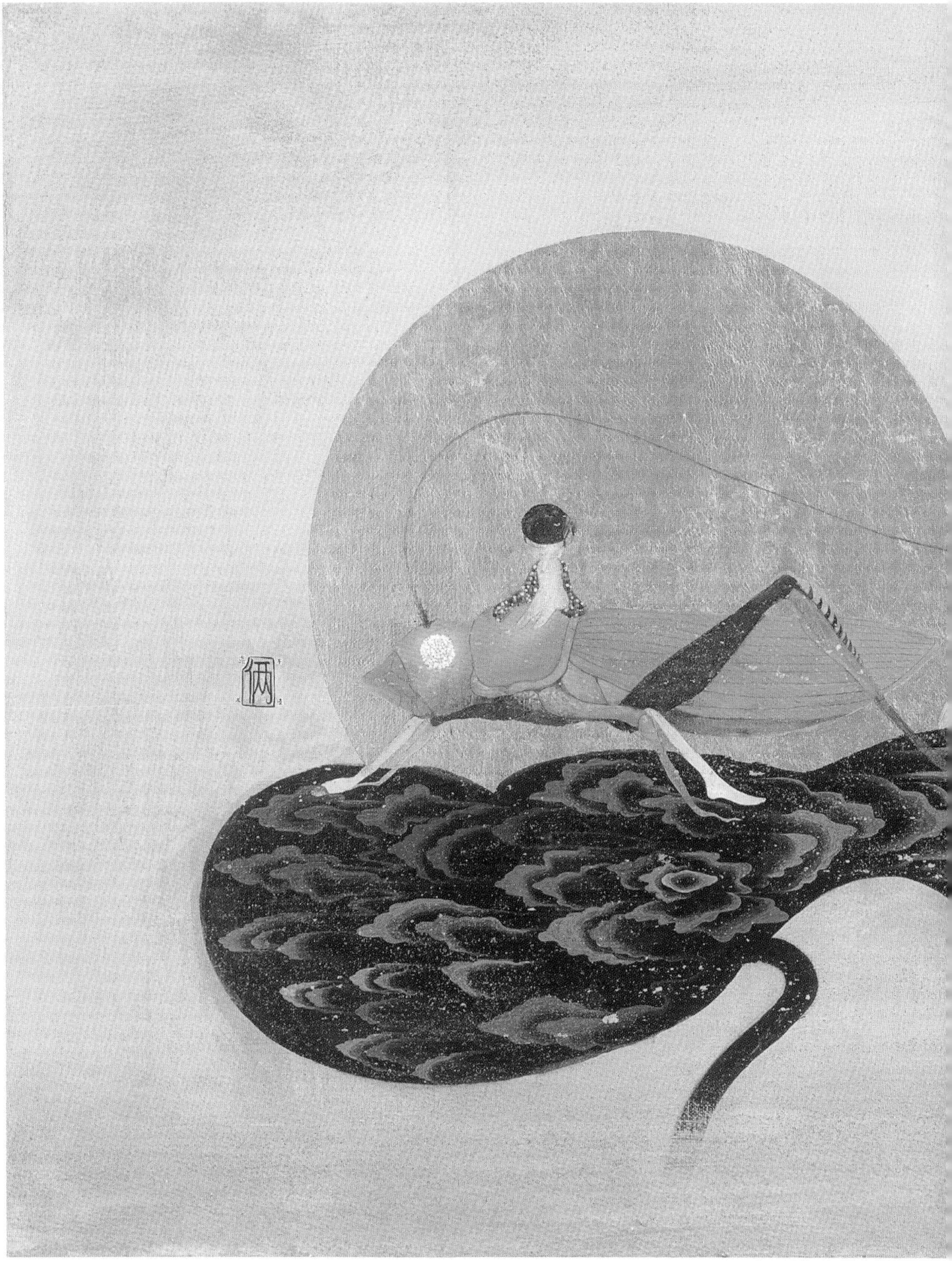

度蜜月　12F　2007

天才。

就
這樣，
沒錯，
我，
就是，
不折不扣的，
天才。

天才　12F　2007

只有。

在我眼裡，沒有一幅畫失敗的畫，
只有尚未完成的畫。

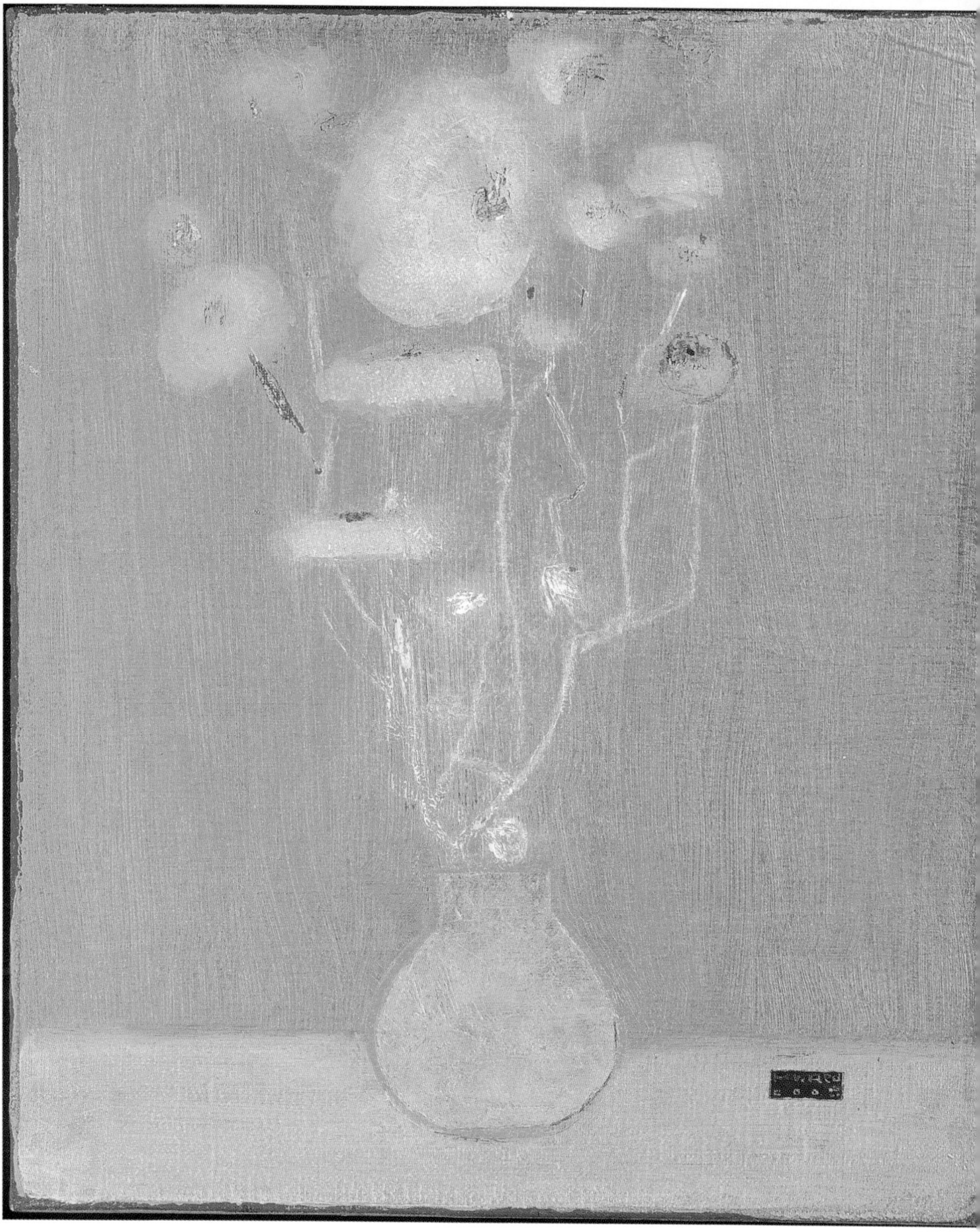

只有　8F　2006

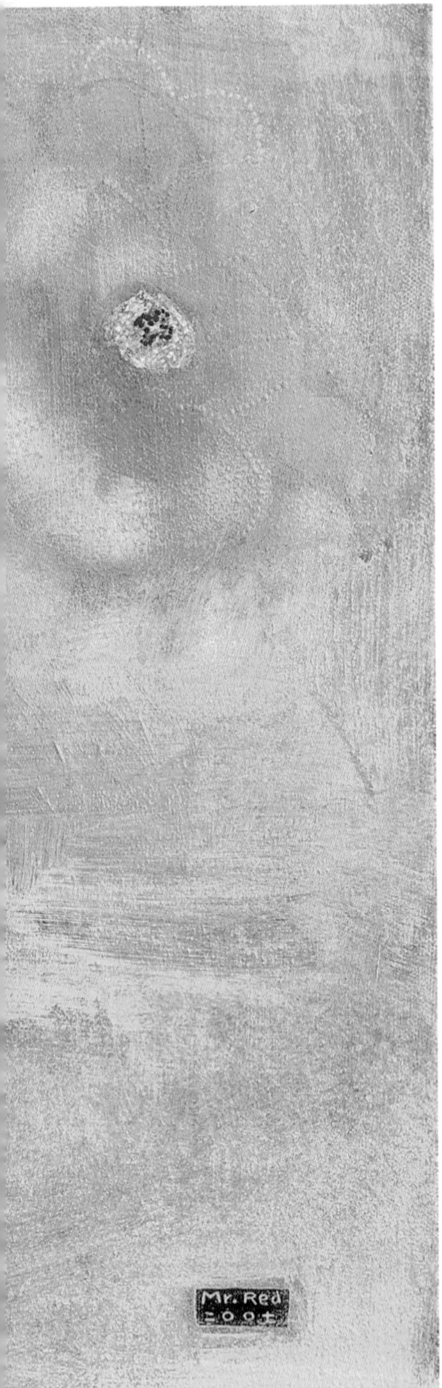

靈感

懶得再動一筆的半夜
走出畫室，
忽然靈感
安靜地
來了。

靈感　8F　2007

改過。

雖然在第一次畫定的時候，
似乎感動了，但……
其實我並不確定，
是不是只是本分的重複著從前，
於是不斷地再塗改再塗改，
又塗改……

改過　3F　2006

我希望

做了一個夢，
夢裡面有一群人，每一個人都有某種奇怪的能力。
有人能聽見別人心裡話，
有人會預見接下來的事，
有人受傷但很快就恢復了，
有人跑進別人夢裡教他們事情，
有人讓人受創的心靈治癒，
有人跑進總統的腦裡，
有人擁有遠古的智慧靜默不語，
有人學會未來的咒語，喃喃唸個不停，
然後這群人都在安靜的畫畫，在我奇妙的夢中。

我希望　30F　2007

看出來。

這張是我畫來送給一個朋友的，

讓我形容一下這張畫的主人，

……

……

……

……

算了，自己看著去體會好了。

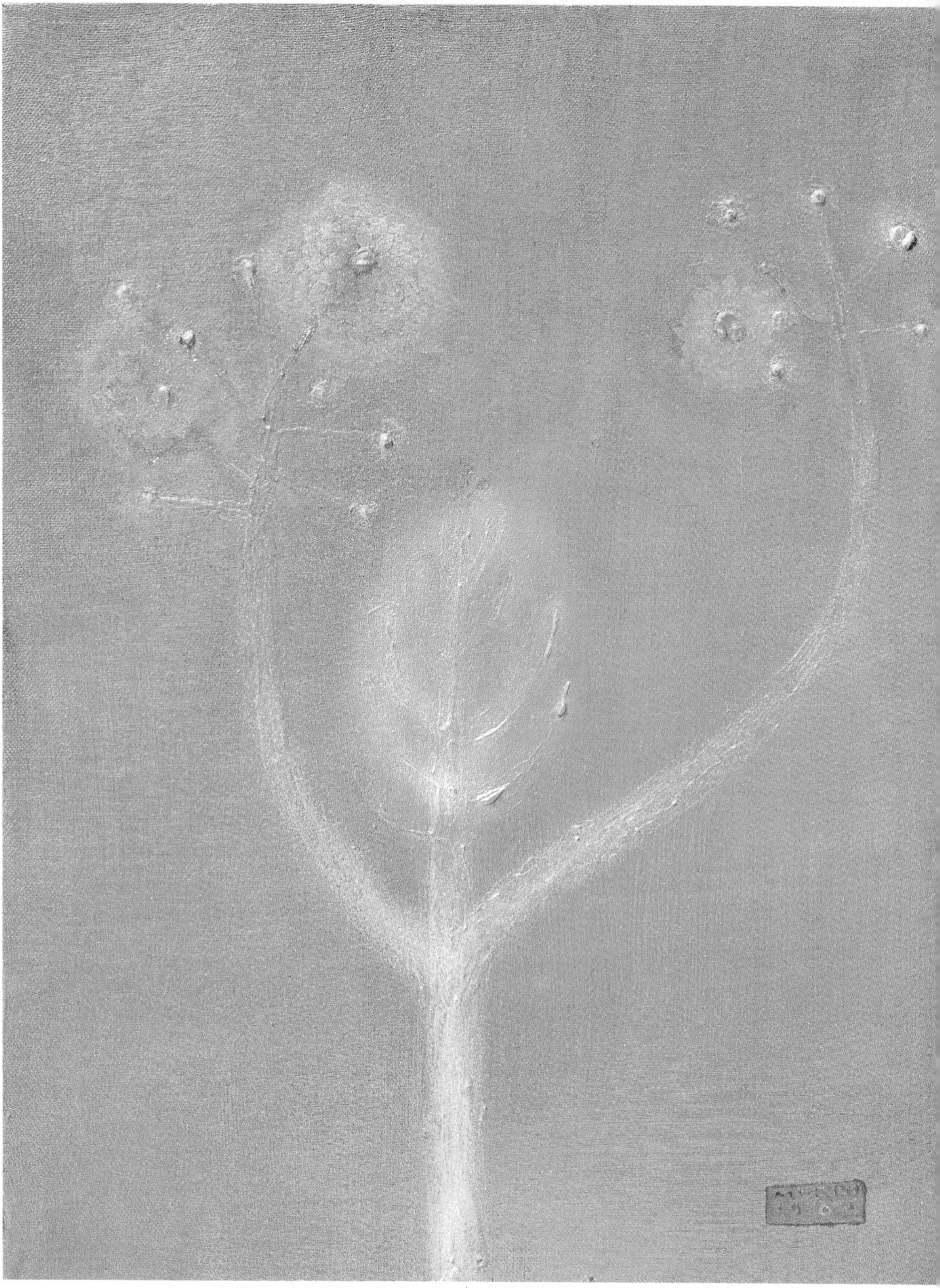

看出來　6F　2006

敬楊興生。

楊興生，
我心目中
永遠的
偉大畫家，
繪畫的巨人
我買不起他的畫
所以畫一張畫
致上最深的敬意。

敬楊興生　3F　2006

音樂

。

就像音樂
充滿旋律
花在枝枒間循環。
有意思的是，
詹仁雄喜歡這幅畫，
我結婚還包了一大包
禮金給我，
有點不好意思，
後來想起來，
他欠我
好一筆代課費，
很多年以前。

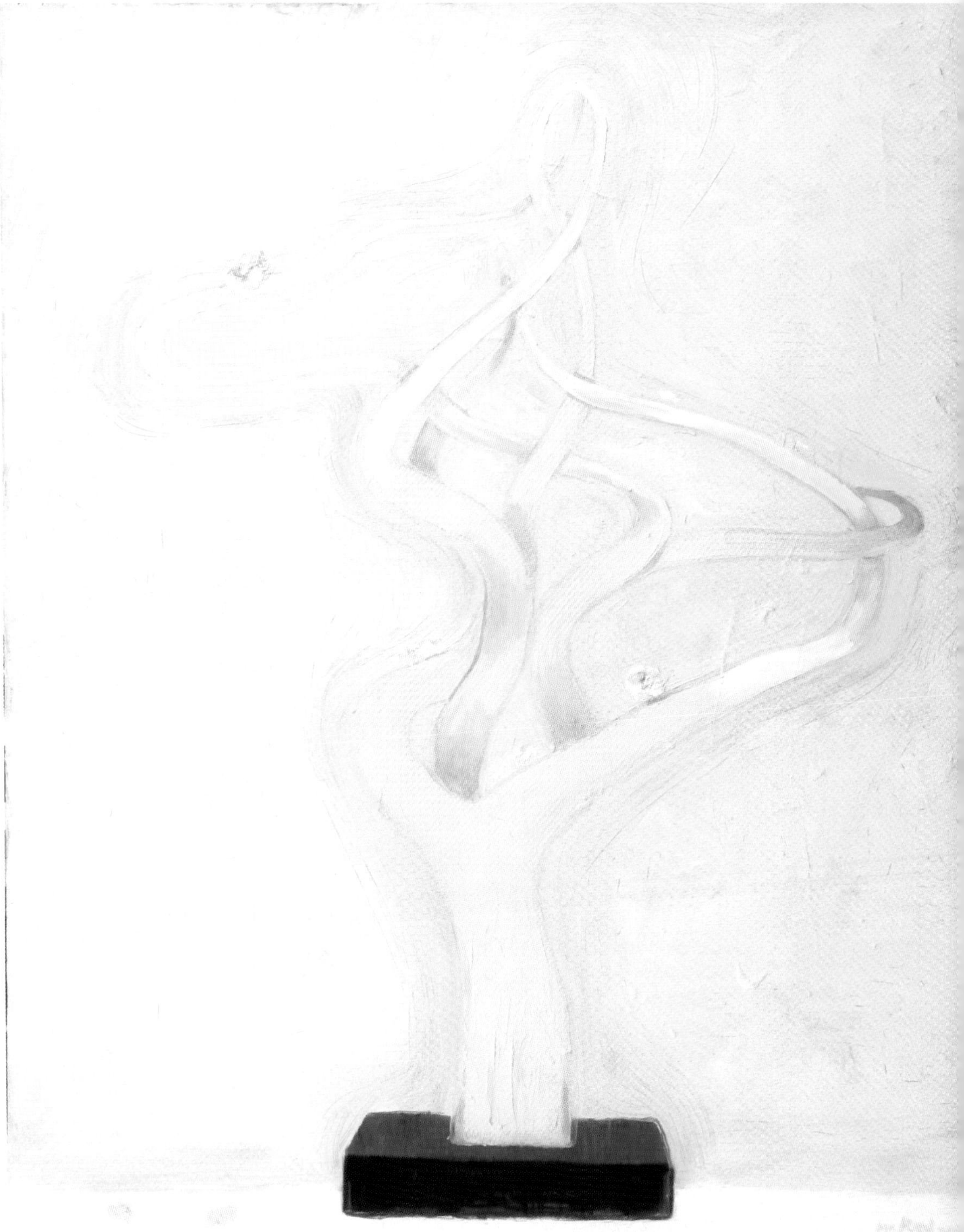

音樂　40F　2006

誠意。

一本好書通常包含了一切，
當你活著茫然不知所措時，
它有答案給你；
當你事理不明時，
它也有答案給你，
我做書，一直抱著，做一本好書的態度在做。
只是功力還不深、火侯還不夠，
但誠意
可是沒話說的！

花雨使者/局部　2007

臻。

我希望，
你能夠，
釋放自己；
因為那不是，
別人能替你做到的。

臻 3F 2006

只有我喜歡。

孤獨的瓶子上，
垂著落寞的
幾株花，
怎麼就除了我以外，
沒什麼人喜歡這張畫？

只有我喜歡　5F　2006

秋

霧色，
秋晨，
美麗，
境界。
我喜歡。

秋 25.5 ╳ 17.5cm 2002-2006

妹妹

那天做了個夢，夢見了十六、七歲時，

妹妹總在晚上和我聊著許多遙不可及、屬於年輕的夢想。

醒來，我很想她

想起一些從小到大的她

流了一點眼淚地和朋友及妻聊著我和妹妹的童年

少年、青少年、到她結婚生子後的一些往事、趣事

「我一直非常愛我的妹妹」

這張畫在這樣的氣氛中完成了。

而且那個清晨照遍畫室的陽光超亮。

妹妹 100F 2007

6 擁有的

最早，為了生計，死活都得畫圖，儘快交件，然後有時候聽音樂才能畫圖，有時候不聽音樂反而能畫圖，
後來當我愈在意，就愈無法放鬆，完全不能下一筆，
直到我滿不在乎，心裡想：「去他的藝術！」
靈感常因此而突然泉湧而至。精品一件一件誕生，你說老天爺是不是對我很好？

擁有的　30F　2007

獨特。

我擁有的，
別人不見得有；
別人有的，
我也不見得有。

獨特　4F　2007

專注。

專注很重要，
跟不專注一樣重要。

專注　6F　2007

收心。

心收回來了，
才能夠真正專注。

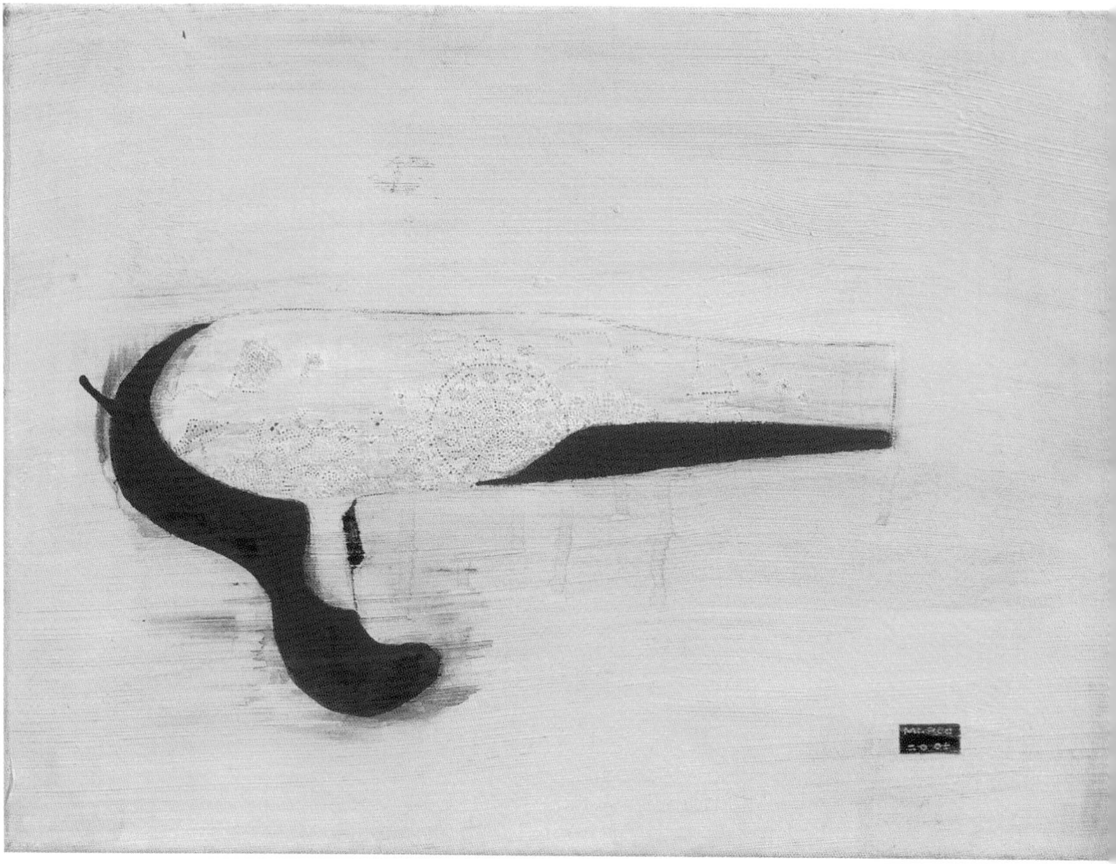

收心　8F　2007

執著。

執著就像
沒有的時候想要有
有了之後又怕會沒有
那很苦。

執著　21 ╳ 28cm　2002

自由。

自由像空氣，
沒有的時候你才會，
發現它的重要，
而，
心的自由是最大的自由。

自由　6F　2006

懂自己。

懂得
和自己交談
才懂得
和別人
做
心靈上的
朋友。

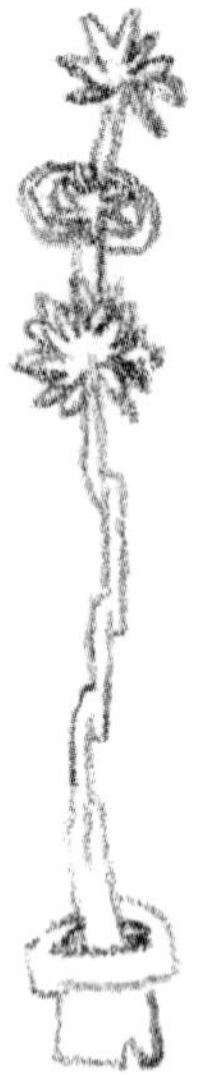

飛/局部　2007

7 心中

余公公喜歡在我面前炫燿他有大量的卡里卡里，並做出好吃陶醉的表情。
那是我兒時所能擁有的零食之一。
卡里卡里分成二種、一種甜的一種鹹的，甜的上面灑滿糖精粉，鹹的我就不多講（因為沒在吃）。
九歲時候的我常吃老管家余公公飼的卡里卡里通常在下課後，
晚飯前（四點至六點）余公公在廚房忙晚飯，我就溜到他房裡把餅乾罐子的蓋子旋開，
吃他一個再舔三個，把三個卡里卡里上的糖粉舔乾淨再放回去……，免得他發現。
後來長大後再吃卡里卡里，都沒有余公公房間裡的那罐好吃了。

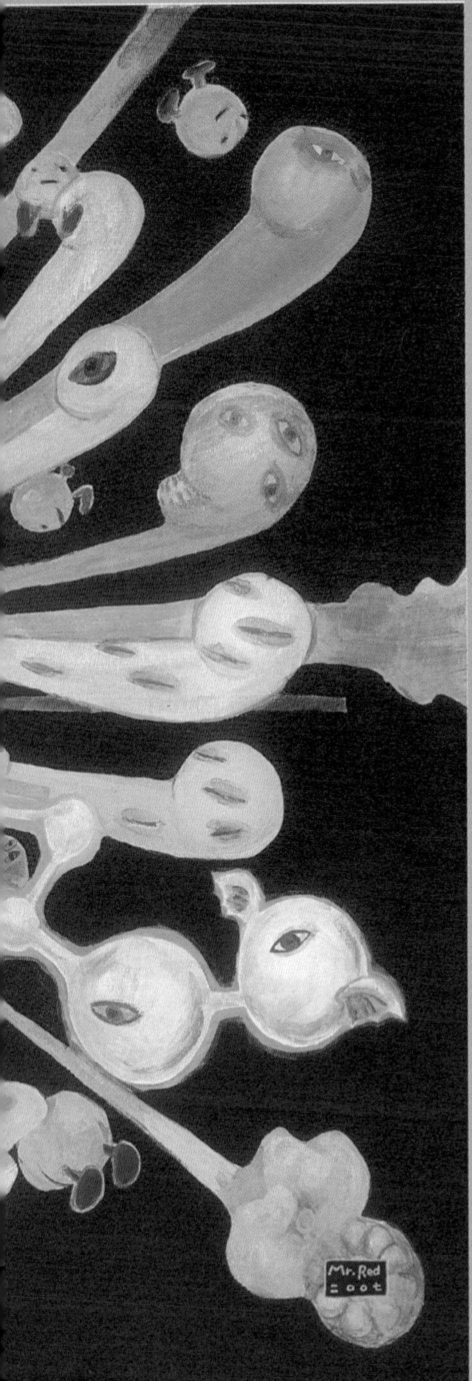

心中　30F　2007

勇氣

。

入夜後出發，
這幅畫畫的是
關於
勇氣！
真正的
勇氣。

勇氣　19.5╳ 29cm　1999-2006

島主

老實講
好喜歡！
因為和預期完成的樣子完全不一樣，
喜歡所有的不可臆測，
很多時候這種感覺我稱之為
真正的藝術
這才叫在「創作」！

島主　60F　2006

午睡的夢境。

午睡的夢境中，
腦中，
那些偉大的英雄們，
努力過的事情，
或許最後並不會成功，
但是我們仍然願意感到
知足且無憾。

午睡的夢境　100F　2007

陰天的詩。

小時候愛在水裡，
和蜻蜓玩，
常常一玩就是一下午。

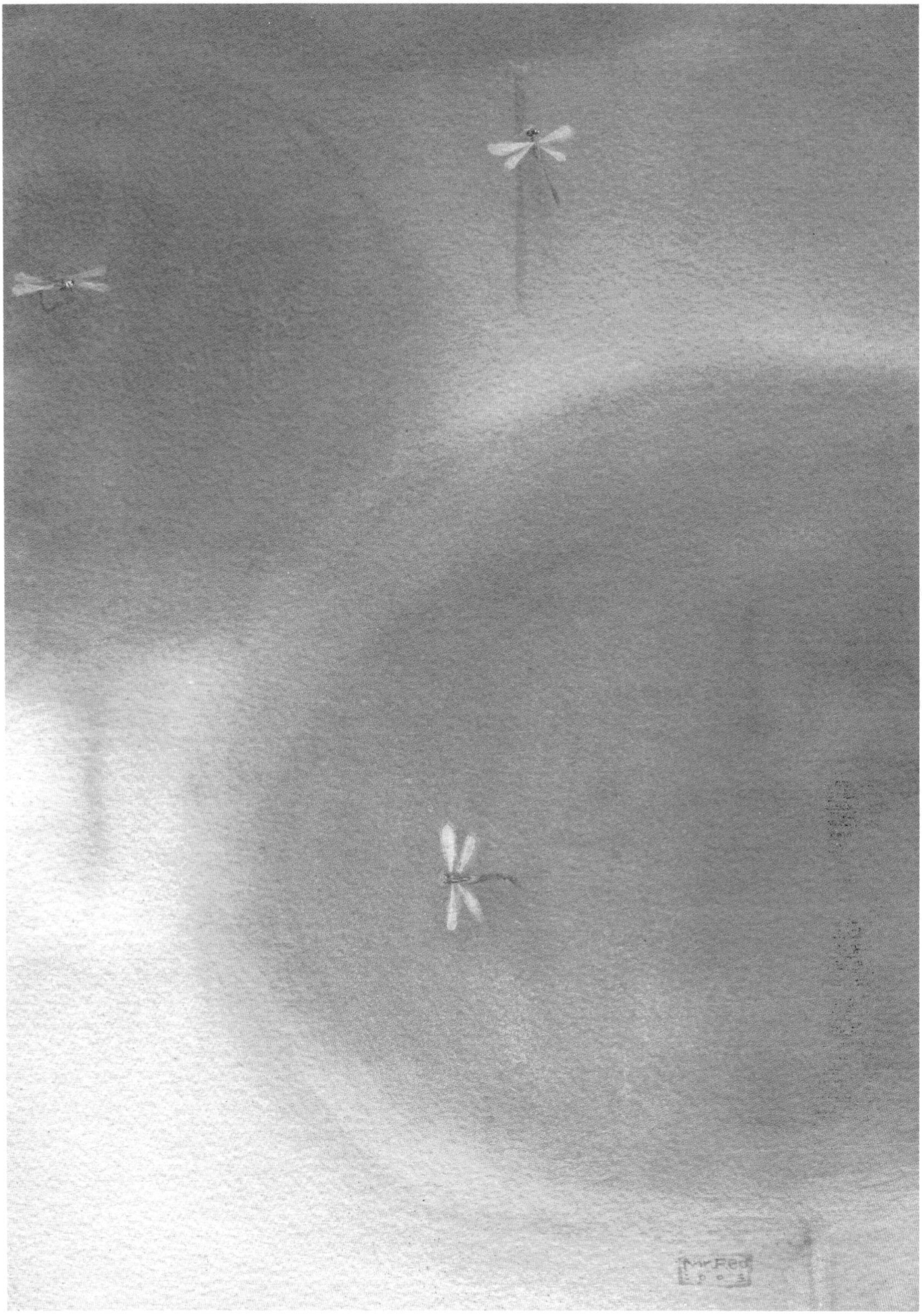

陰天的詩　26.5 × 18cm　2003

心中的花。

心中的花，
關於朋友
關於家。

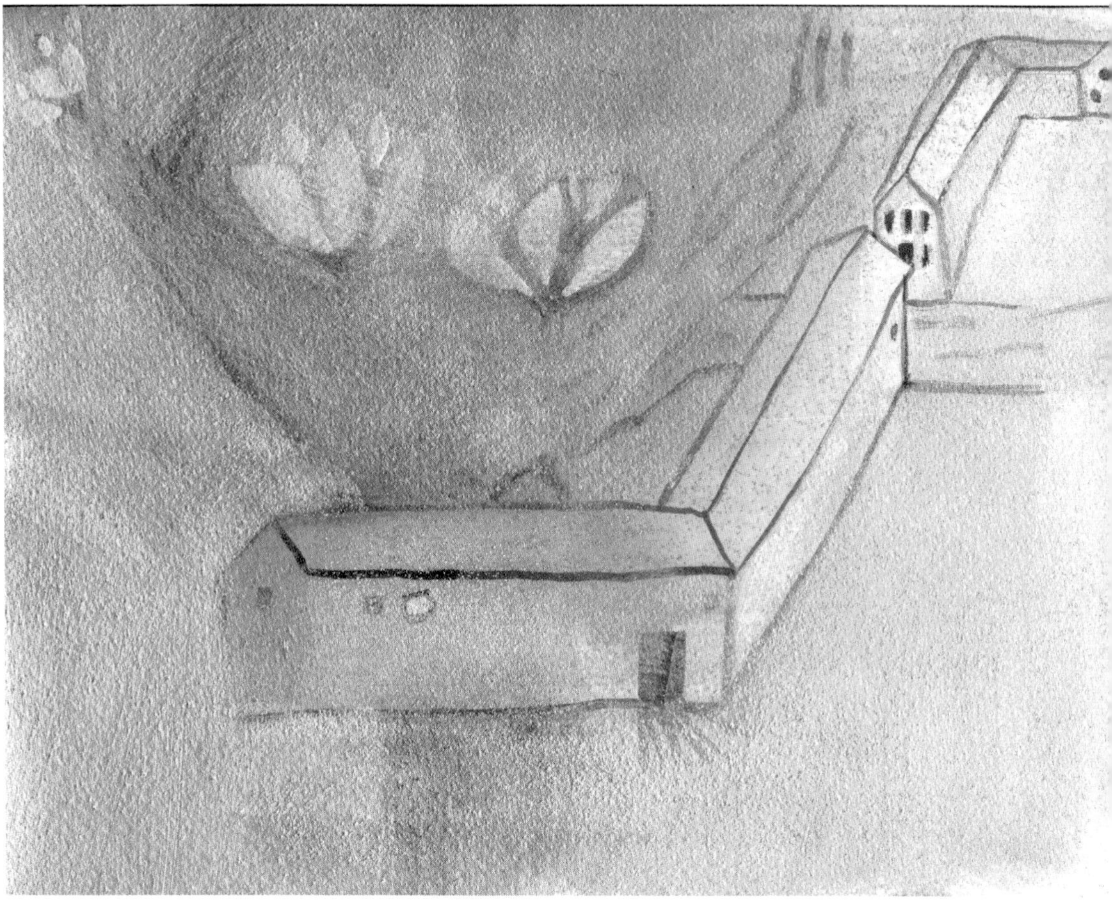

心中的花　17.5╳ 23cm　2006

◦ 靜

清雅
自然
心靜流露

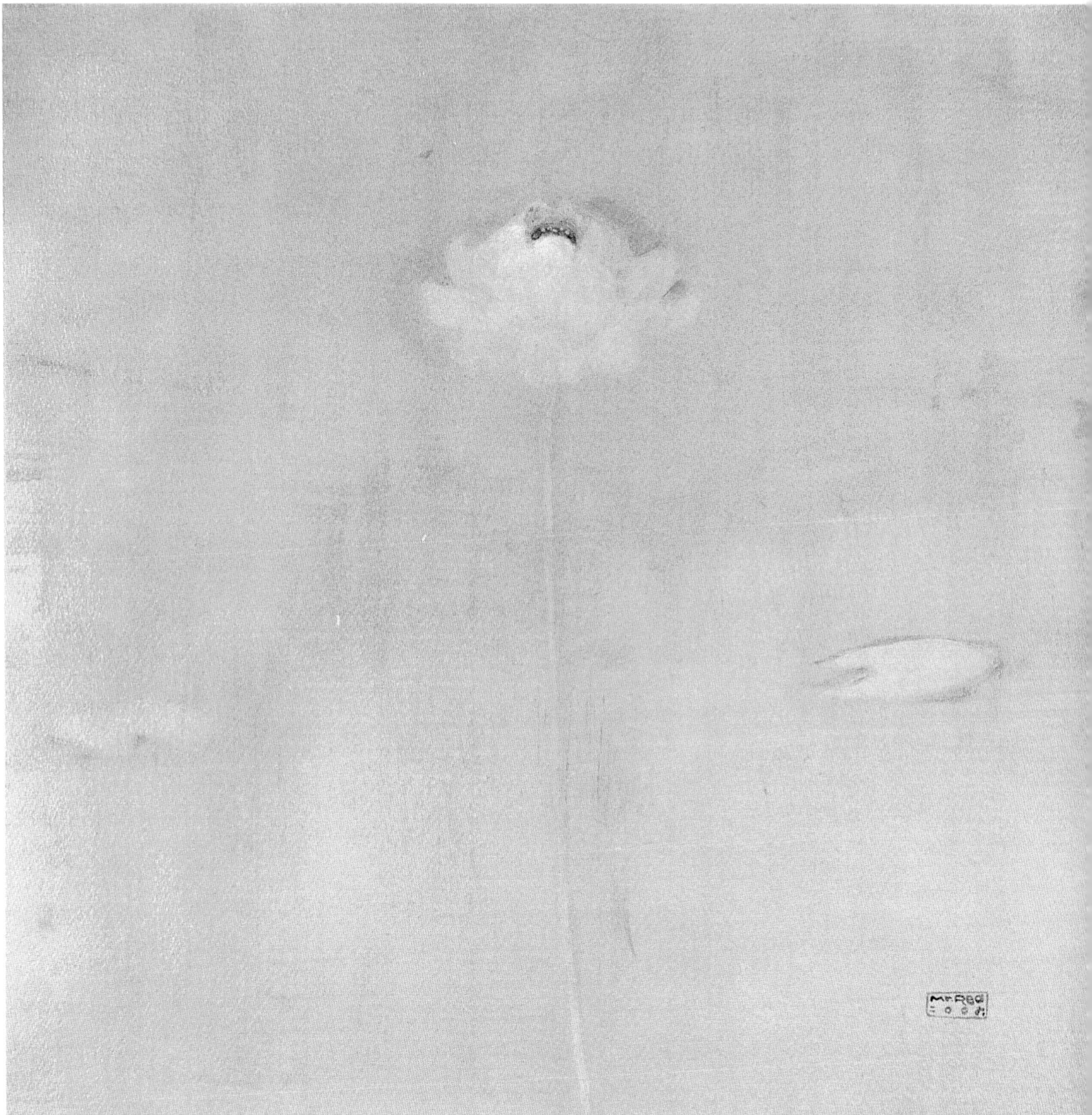

靜　47 × 57.5cm　2006

妻花。

和妻一同玩出來的畫，
發現了從此她有了我內在的剛毅，
我多了她的慣常賢慧，
很好玩。

妻花　3F　2006

8 我深信

蕭先生有一次問我上海畫室有多大？阿推有一次問我上海畫室有多大？有太多人問我上海畫室有多大？我很喜歡回答這個問題，而來過我中和畫室的人都會驚呼：「這樣的環境怎麼能畫（大畫）？」

哎~別提畫室，想當初父母製造我時不也精卵各一的大小，再慢慢變大變大，最後成個人樣再加碼嗎？我一直相信，在畫家中我的畫室雖然小但不是最小的，人只要接受了環境條件的現實，一樣是可以努力拚搏並小有一番成績的。

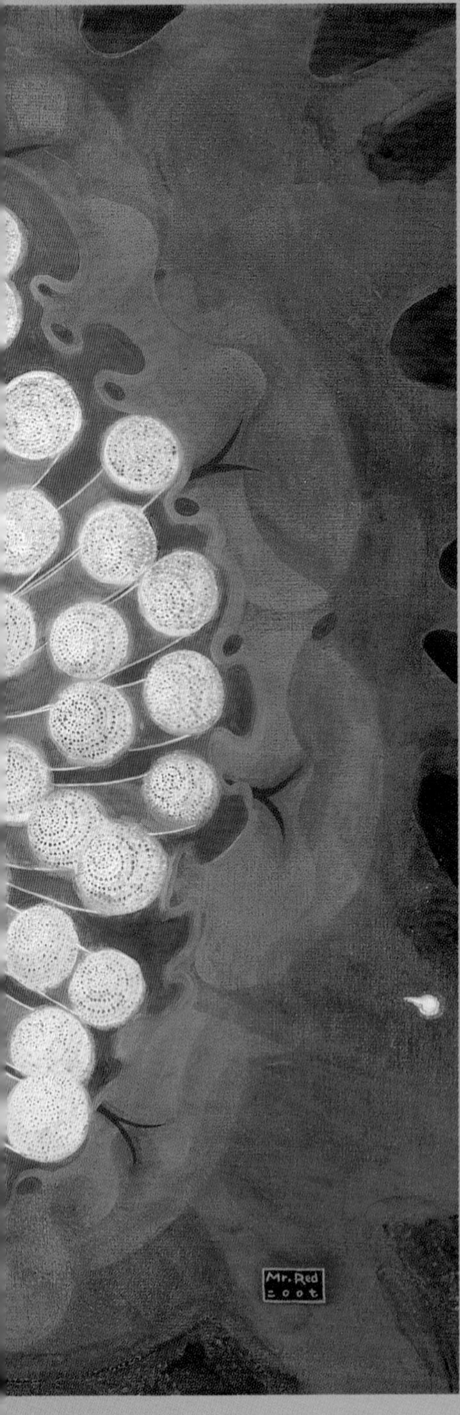

我深信　30F　2007

雨。

薄雨的海，
嘩嘩的聲音，
竟也成了一種安靜。
其實這樣，
就已經很美了。

雨　27.1 × 37.5cm　2006

跑。

以前，
我好喜歡在熱熱的沙灘上小跑步，
治療學生時代的香港腳，
這算是最浪漫的方式。

跑　26.5 × 36.5cm　1999-2006

美。

離岸田愈來愈遠了，
還迂迴在海邊。
曾經，
心情也一樣，
是貪慕天地海的美，
也是擔心天若黑了，
回不到岸邊的危險。

美　21 ╳ 29cm　2003-2006

夢·海

。

夢裡面
想起
無聲的
潮
海。

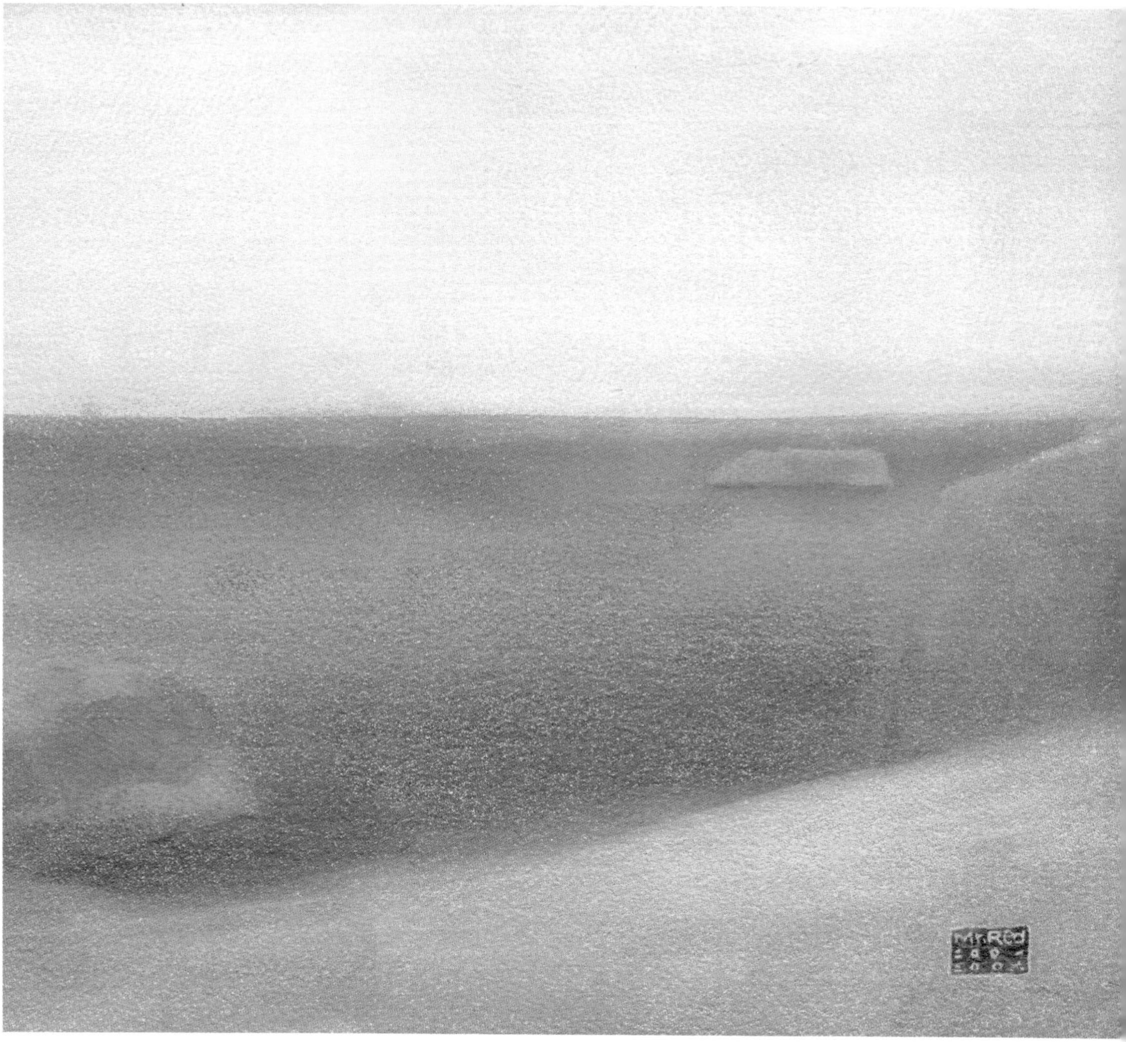

夢・海　26.5╳ 30cm　2001-2006

遠方。

忘不了落日的壯麗景致，
無窮，
美好的，
遠方。
腦海。

遠方　26.5 × 36.5cm　2002-2006

花雨滿天。

花滿天，
雨滿天。

花雨滿天　80F　2007

9 忿怒

長大有個好處就是吵架歸吵架吵完了就心平氣和。
大家都長大了有個好處，就是很不容易吵架。即使終究吵架了，吵完了大家也都很快心平氣和了。

忿怒　30F　2007

花雨使者

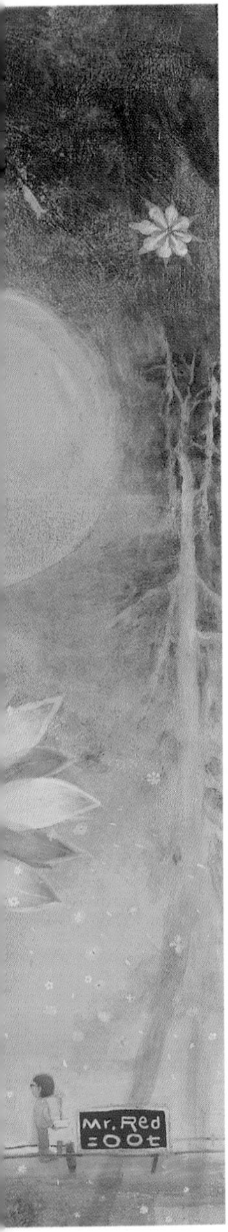

剛睡醒，洗個澡
順便洗了個頭
洗完再刷牙漱口，
抹把臉，刮乾淨鬍子，
把雜毛統統修掉。
很舒服，
感覺這時候
最適合替畫起個名字。

花雨使者　100F　2007

美麗不容易。

想畫完整的畫。
就是這麼簡單，
但是即使如此，
這張圖在過程裡特別地折騰。
原來比美麗更美麗都是如此的不容易啊！

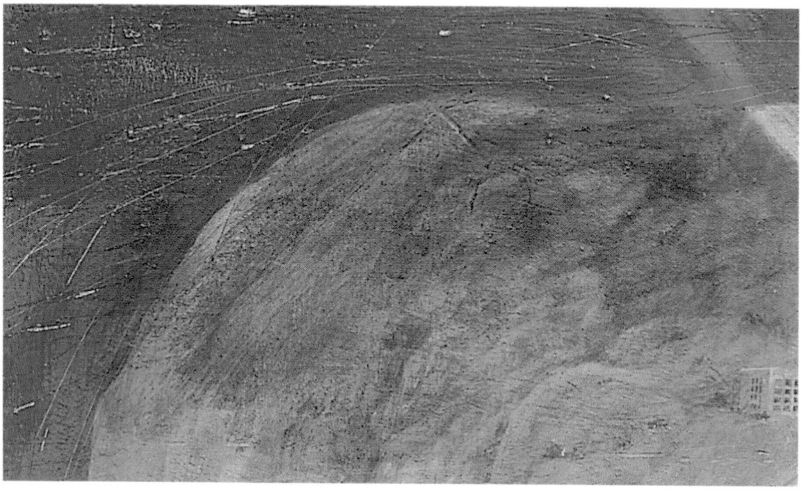

花雨使者/局部　2007

神仙。

要活得像個神仙，
沒別的辦法，
「只生歡喜，
別生悲。」即可。

花雨使者/局部　2007

爲什麼 。

為什麼不呢？
一張偌大的畫，
好不容易畫順了，
為什麼不一口氣繼續畫下去呢？

花雨使者/局部　2007

花像妳。

從下往上看花，
從上往下看花，
任何時候、任何地方，
看花；
花都像妳，
即使千朵萬朵都好看。

花雨使者/局部　2007

細節。

很不容易處理的，
在畫面上不容易辨認的細節，
那些不明顯的色料層層疊疊，
無數微妙的變化，
往往是一張畫是否精彩的
關鍵。

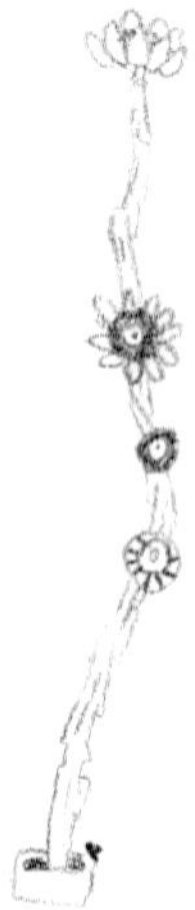

花雨使者/局部　2007

尾聲

才華

高中的時候有陣子喜歡美國的一個重金屬樂團叫「MOTLEY CRUE」；

有一次隔壁班的一個男孩子在中午吃飯時間該吃飯不吃飯就在兩間教室的門口拿了一把電吉他，

插上「按普」彈奏著「MOTLEY CRUE」的曲子；我認出來了，

就站在他面前一個中午，入神到一口飯都沒吃。

前些日子和妻在永和吃完中飯出來，

在街上看見一個男子，唇色發白和他女友走在一起，正是當年那充滿才華的小子。

TICO。我心中的吉他英雄，好好保重身體啊！

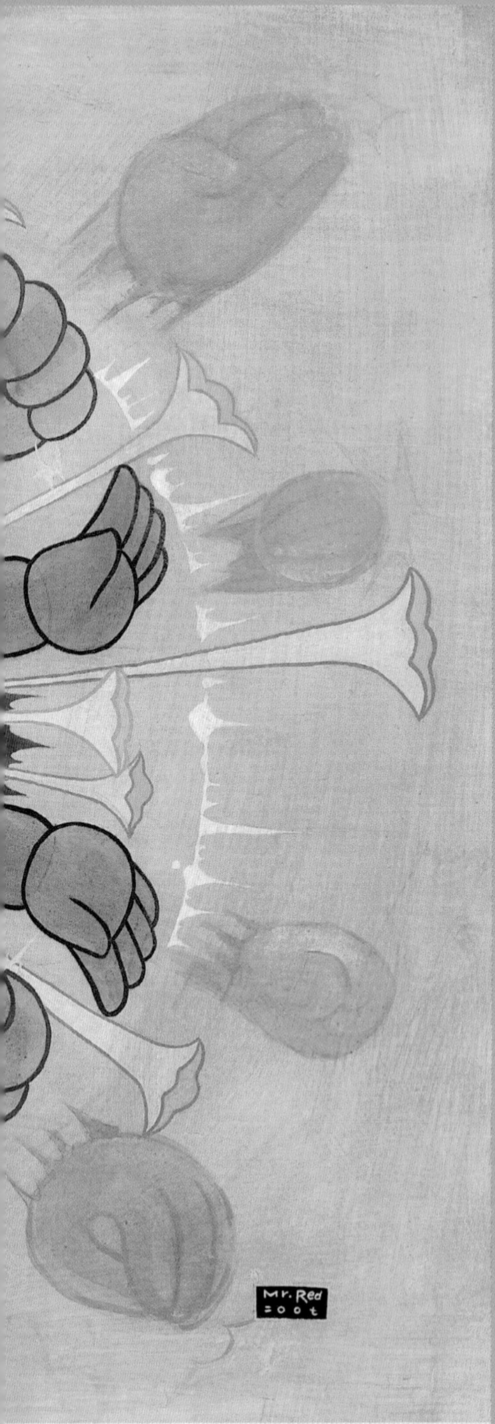

才華　30F　2007

後記 透著光的關鍵

當令人難受的種種生活規矩，像保鮮膜不斷地包覆著我跟我周圍的生命，
然後終於成為不透光的銅牆鐵壁，隨著時間的推移；
多少次，在絕望的烘襯下，無盡黑暗籠罩的路上，
在心中的最內在琢磨出些許可能通向更高更遠的關鍵點，
一次又一次那些光點愈來愈多、愈來愈亮，照見了我自己和他人生命的真實。
生存價值的關鍵，是簡單的，無法以矯情的文字去解釋，
所以很多曾經重大的因果最後都只用一句話，挑了一些，收在本書裡。
代表著不斷改變生命中的那些，透光的關鍵。

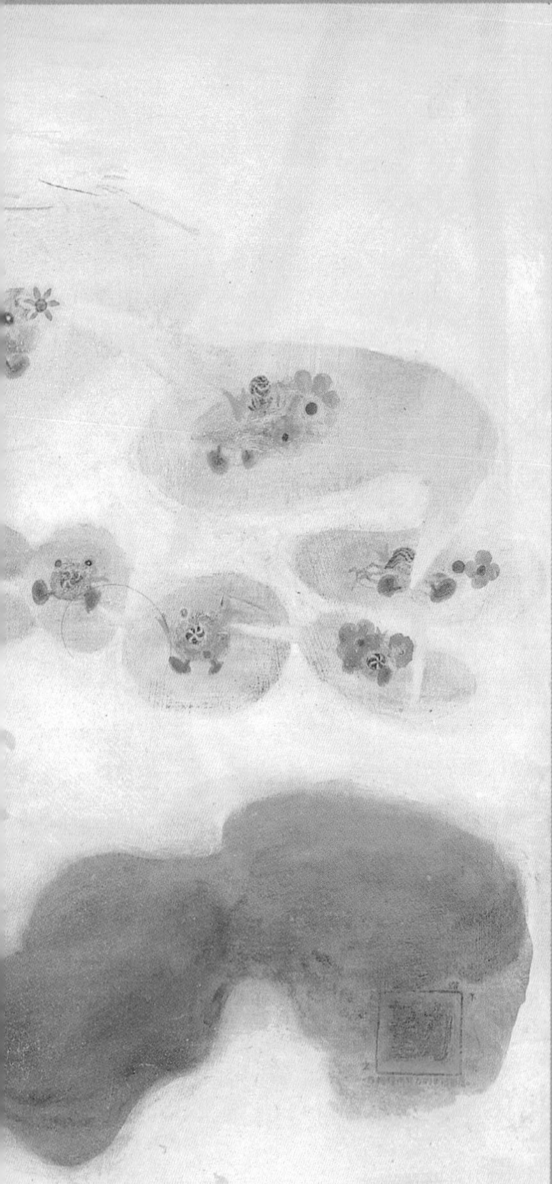

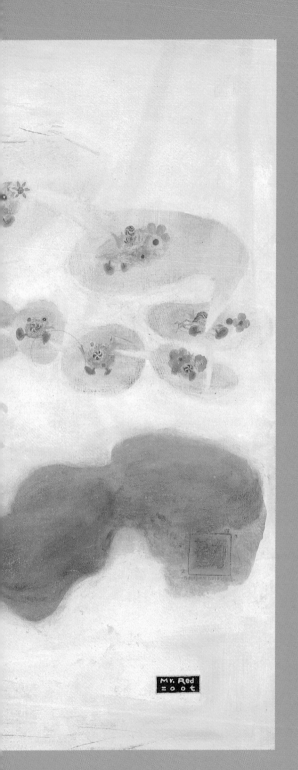

透光的關鍵　30F　2007

《紅膠囊的悲傷2號》

我想我自己就快忘了，徹夜未眠，
愚蠢溫暖的少年荒唐；
胡思亂想，全世界最棒的愛情星空；
還有在那裡等我，甜蜜如美麗春風的她，
就讓一切的心情感覺，只要原味保存就好……

定價180元

《馳放的片刻》

停下來，就看見遺忘的青春星空；
慢一些，就從此專心飛翔在甜蜜裡自在點，
就有更多美麗蔓延在生活中；
圖文革命兒紅膠囊無重力代表作《馳放的片刻》
尋找記憶中已然消失的瞬間，讓你的快樂平靜溶解憂愁。

定價250元

《佛陀插電》

圖文首部「類長篇」概念里程碑，將最浩瀚玄奇的觀念，以最豐富絢麗的視覺呈現。盡展世間神魔萬相，嘲諷見佛性慈悲，沈淪出人性光輝。
紅膠囊醞釀此書長達五年，慢工出細活，
無所不能的圖像功力盡情顯現，開拓全新圖文形式的經典之作。
獲《Net and Books》當季選書，
獲選《誠品好讀》2002年度之最--最佳圖文書。

定價280元

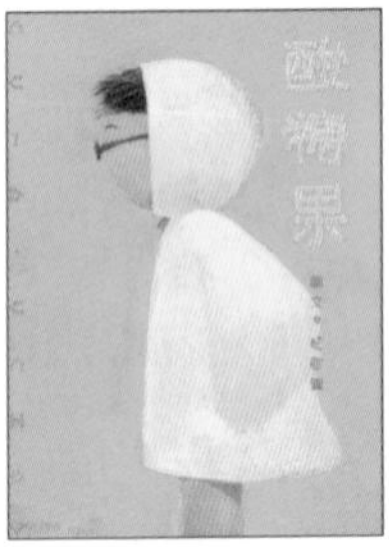

《酸糖果》

這次在紅膠囊的街道上，航行著糖果形狀的幽浮，一個迷幻的世界，容許存疑，容許跌倒與受傷，容許我們一時還長不大。忘卻形式的限制，更單純的視覺元素，更單純的表現方法，屬於紅膠囊的輕型迷幻。

定價230元

紅膠囊作品｜全記錄

《紅膠囊的悲傷1號》

告別老煙槍的電椅理髮院、拉門式大同電視、治痛良藥五分珠；
告別留在海邊的十七歲的我；告別十九歲生日快樂的她。
願我遺忘、願我釋放、願我無怨無悔……
獲「中國時報」開卷好書榜。

定價160元

《涼風的味道》

高溫36度C，在藍色游泳池裡飛翔，彷彿有爵士樂，想到冰鎮啤酒，和那一年夏天遇見的她。如果需要洗滌，如果不再夏天，請小心保存紅膠囊創作《涼風的味道》，是精神除濕機，也是心靈洗衣機，讓我們徹底乾爽、清涼朦朧、薄荷迷幻、消暑解渴、抗壓止痛、繼續搖擺……
獲選2000年誠品年度好書。

定價250元

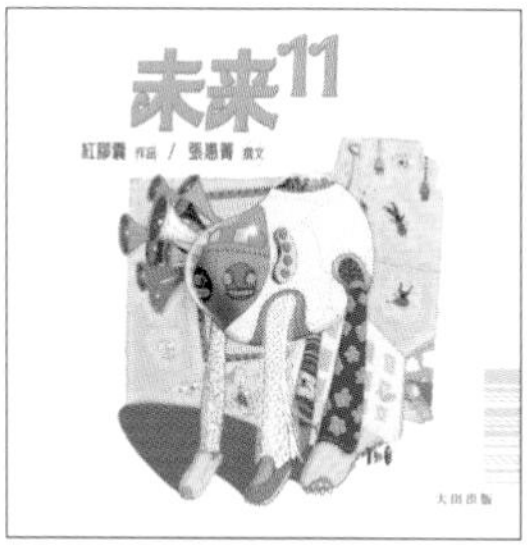

《未來11》

這是一本風格強烈的圖文概念書，主題關於一個虛擬的時空，由新世代優質作者——紅膠囊和張惠菁首次攜手合作。圖像與文字的互相指涉，開闢出豐富的概念磁場。
1999「環亞替代空間」概念裝置藝術展—《未來11》。
2001多國巡迴「台灣當代裝置藝術展」—《粉樂町》。

定價200元

《莫負好春光》

如何將陽光留在大地上，如何將美好留住不忘？
如何將白浪留在沙灘上，如何教美麗的愛留在身旁？
生命中可以陽光燦爛的時刻，與你無限同在。

定價230元

紅膠囊手機桌布下載

下載代碼：234035

下載代碼：234036

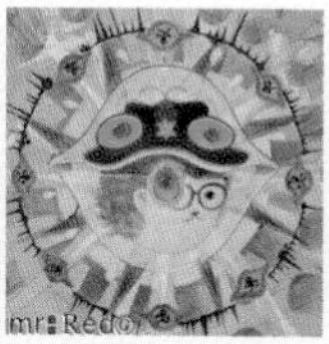

下載代碼：234037

下載代碼：234038

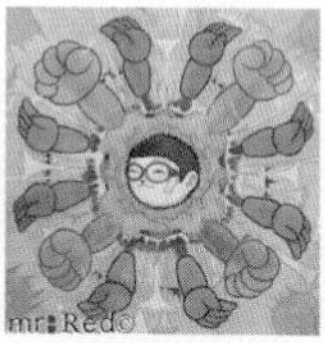

下載代碼：234039

下載代碼：234040

視覺系021

不喜歡寫字

紅膠囊◎圖文

發行人：吳怡芬
出版者：大田出版有限公司
台北市106羅斯福路二段95號4樓之3
E-mail：titan3@ms22.hinet.net　http：//www.titan3.com.tw
編輯部專線：（02）23696315　傳真：（02）23691275
【如果您對本書或本出版公司有任何意見，歡迎來電】
行政院新聞局版台業字第397號
法律顧問：甘龍強律師

總編輯：莊培園
主編：蔡鳳儀　編輯：蔡曉玲
企劃統籌：胡弘一　企劃助理：蔡雨蓁
網路編輯：陳詩韻
校對：謝惠鈴/紅膠囊
視覺構成：紅膠囊創意/腦阿門
承製：知己圖書股份有限公司　電話：(04)23581803
初版：二〇〇七年（民96）八月三十日　定價：280元

總經銷：知己圖書股份有限公司　郵政劃撥：15060393
(台北公司）台北市106羅斯福路二段95號4樓之3
電話：（02）23672044/23672047　傳真：（02）23635741
(台中公司）台中市407工業30路1號
電話：（04）23595819　傳真：（04）23595493

國際書碼：978-986-179-064-0　CIP：855/96012771

你如何購買大田出版的書？

這裡提供你幾種購書方式，讓你更方便擁有知識的入口。

一、書店購買方式：

你可以直接到全省的連鎖書店或地方書店購買，

而當你在書店找不到我們的書時，請大膽地向店員詢問！

二、信用卡訂閱方式：

你也可以填妥「信用卡訂購單」傳真到 04-23597123

（信用卡訂購單索取專線 04-23595819 轉 232）

三、郵政劃撥方式：

戶名：知己圖書股份有限公司　　帳號：15060393

通訊欄上請填妥叢書編號、書名、定價、總金額。

四、網路購書方式：

一般會員——不論本數均為 9 折，購買金額 600 元以下需加運費 50 元。

VIP 會員——不論本數均為 76 折，購買金額 600 元以下需加運費 50 元。

目前的付款方式：1.線上刷卡（網路上會有說明）2.信用卡傳真 3.劃撥（大田帳號 15060393／戶名：知己圖書股份有限公司）4.ATM

五、購書折扣優惠：

10 本以下均為 9 折，購買金額 600 元以下需加運費 50 元；團訂 10 本以上可打八折，但不能在網路上下單，可以直接劃撥或用信用卡訂購單傳真的方式。

六、購書詢問：

非常感謝你對大田出版社的支持，如果有任何購書上的疑問請你直接打服務專線 04-23595819 或傳真 04-23597123 ，以及 Email:itmt@ms55.hinet.net

我們將有專人為你提供完善的服務。

大田出版天天陪你一起讀好書！

歡迎光臨大田網站 http://www.titan3.com.tw

可以獲得最新最熱門的新書資訊及作者最新的動態，如果有任何意見，

歡迎寫信與我們聯絡 titan3@ms22.hinet.net 。

歡迎光臨納尼亞傳奇中文官方網站 http://www.titan3.com.tw/narnia

朵朵小語官方網站 http://www.titan3.com.tw/flower

歡迎進入 http://epaper.pchome.com.tw

打入你喜愛的作者名：朵朵、紅膠囊、新井一二三、南方朔、萬歲少女、恩佐，就可以看到他們最新發表的電子

國家圖書館出版品預行編目資料

不喜歡寫字／紅膠囊圖文．——初版．——臺北市：大田, 2007〔民96〕

面；　公分．——（視覺系；21）

ISBN 978-986-179-064-0（平裝）

855　　　　96012771

廣	告	回	郵
北區郵政管理局登			
記證北台字1764號			
免	貼	郵	票

To :

大田出版有限公司　編輯部收

地址：台北市106羅斯福路二段95號4樓之3

電話：（02）23696315-6　傳真：（02）23691275

E-mail：titan3@ms22.hinet.net

From : 地址：

姓名：

*請沿虛線剪下，對摺裝訂寄回，謝謝！

TITAN
大田出版

智　慧　與　美　麗　的　許　諾　之　地